待ちかね山にのぼる10月15日

惣田うたえもん　詩集

目次

今はいつなのか

今は　いつなのか
ここは　どこなのか
今は　２０２４年10月
21世紀がはじまって、だいぶん

ここは　どこなのか
太陽系第３惑星
地球の北半球
日本列島の日本国

南の方の島
九州の福岡県
北部の北九州市
小倉北区の中井３丁目

今は　いつなのか
ここは　どこなのか
今は　２０２４年10月
人類史の最先端
グローバルの世界文明
その一部、日本文明

アメリカ、ヨーロッパと
並ぶ　先進国あつかい
アメリカとも　はなれて
ヨーロッパとも　遠い
なによりも　通信手段
電話が　発達している

カナダのトロント市に
妹が住んでいるが
このごろの電話は鮮明
まるで隣町に住んでるよう
以前は山の上と下での
やりとりのようだったのに

今は　いつなのか
ここは　どこなのか
人類とは　なんとふしぎな
哺乳動物なんだろう

これほど　文明が
発展したというのに
まだ飢餓に苦しむ
人達がいるという

争いがたえず
戦争をはじめる人達がいる
ドンドンやりつづけ
やめない人達がいる

どうして　やめられないのか
なぜ　やめられないのか
知らないからだ
自分たちの歴史を学ばないからだ

歴史スケールが　小さい
たとえば　アラブ地方の
イスラエルとパレスチナとは
それぞれが宗教にもとづく

かたや2千年前、こなた
１４００年前、それに比べ
宇宙の歴史は　なんと
１３８億年なのだ

今は　いつなのか
ここは　どこなのか
人類は　文明を　発展
させては　きたけれど
人間の寿命は
百年くらいのもので

くりかえし、くりかえし
つないで　いかねばならぬ
この　つなぎが問題だ
はじめから　なにもわからず
イケイケドンドンで
やっていくしかない

少し、余裕ができて
少し、考える人達も
でてきたが、こんどは
その　つなぎが　むずかしい
考える　まもなく
行きあたり　バッタリ

イケイケドンドンやってきた
資本主義がいけないと
ソ連　社会主義にかえては
みたけれど、新しくは
できず、古い悪い点を
ひきずってきた

その間にも　新しい芽が
そだっていってる
日本文明は　頂点をすぎ
衰退、滅亡の方に
行かざるを　えなくなった
少子化と　人口減少だ

日本人は　それほど
バカじゃない
少数では　あるけれど
未来を考える　人が
あらわれた　危機の時には
人物が　出現する

若い女が天下のクニを

今まで　あまりにも
男が　いばりすぎていた
男尊女卑《ひ》などブットバセ
若い女が天下のクニを

上を見ても　下を見ても
左を見ても　右を見ても
大きな顔した男ばかり
若い女が天下のクニを

まずは、男女平等から
女ができるのわかってて
男がとるものなくすから
若い女が天下のクニを

女が　人間として　最も
輝くのは　20才から
38才までの　出産適齢期
若い女村長、若い女町長
若い女市長を作ることから
若い女が天下のクニを

今までいなかった
若い女村長、若い女町長
若い女市長
いろんなしがらみで
実現には　むずかしかろうと
若い女が天下のクニを

もし　女がトップになれば
さまざまの　男中心の
やり方を　かえれるだろう
かえられないとしても
かえる考え　ひろめられよう
若い女が天下のクニを

男が　なんだ
女が　なんだ
男女平等
権利のはなし

おおっぴらにはもちろん
知らず知らずの間にも
男が　いばりすぎてきた
やっと今　わかりかけた

男女平等
男女平等
権利の話
こどもを生める　女が……

女が　輝く
こどもを生める
20才から38才までの
出産適齢期の女だから

女が　輝く
こどもを　生める
まわりの手助け
大いに必要

女が　輝く
こどもを生める
手助けは　人はもちろん
設備までも

いばるな男、男ども
この世は男女で　できている
今までは、あまりにも
男がいばりすぎていた
女が輝く
若い女が天下のクニを

法律で保護されていた
世間の風潮でならされていた
今はちがう、これからはちがう
ほんとうの男女平等やっていく
女が輝く
若い女が天下のクニを

男女性差は　あたりまえ
しかし、権利は平等だ
わかりきったことだけど
そこは　徹底せにゃならぬ
女が輝く
若い女が天下のクニを

世間の人が　だれもいう
今がいちばん　いいのだと
世の中平和で　衣食住
まあまあたりているという
しかし、それでいいのかな
若い女が天下のクニを

世間の人が　みんないう
今がいちばん　いいという
見えるまわりは　そのままで
見えないものには目をつぶる
しかし　それでいいのかな
若い女が天下のクニを

世間の人が　だれもいう
今がいちばん　いいという
少子化、人口減少
それはずっと　さきのことと
しかし　それでいいのかな
若い女が天下のクニを

ツインダブルス現代詩

自由詩の花ざかり
散文詩のひろがり
リズム感はどこいった
感動は消えたのか

遠くもない昔に
マンネリにおちいった
とはいえ、それは
7・5調だったからか

新しい定型詩
シンメトリーの3連
ツインダブルス現代詩
カナダの詩人が提唱した

型式は、古くて新しい
4種類がある
一つは4・4・4の12行
シンメトリーの3連で
バランスしっかりたもちつつ
リズム感が躍動する

二つ目は6・6・6の18行
3連ながらシンメトリー
バランスしっかりたもちつつ
リズム感が躍動する
三つめは4・4・4の12行
もひとつ4・4・4の12行

12行と12行の24行
四つめは6・6・6の18行
もひとつ6・6・6の18行
18行と18行の36行
ツインであり　さらにダブルス
ツインダブルスといえるわけ

人はいう
定型詩は　古くさい
型にはめるなんて
自由が一番　なにごとも

詩は文芸の一部
芸というからには
芸ならばどの芸も
必ず　型をもっている

型があるから　芸なんだ
型がなければ　芸でない
ただの　なぐさみ、遊びで
しかないものだ

あつかう内容、いままでと
すこしはちがうユニークさ
いちおう　おおまかに
４つに　わかれているけれど

１に　自然の美しさ
これまでどおり花鳥風月
時をこえてもかわらない
視野がひろがった

１３８億年の宇宙のかなた
太陽系、銀河系
ハッブル深宇宙ワールド
どれほどのものが知られたか

2に　人生の喜び
今までは　あまりにも　苦しみ
悲しみに目がいってた
傷口に塩をすりこむような
苦しみ悲しみ、現物で充分
喜びこそをたたえたい

3に　社会への批判から改革
未来構想まで
今までは批判に終始した
そんなに悪ければ改めれば
提案だ、アイデアだ
ひらめきこそ　詩の本領

4に、ことば　ことばの芸
詩はことばの芸術だ
日本語は長い歴史がある
平安時代の　今様から
江戸の町人文化の花
ほりおこして　大事にあつかわねば

ふやそう、ひろげよう
ツインダブルス現代詩を
そのはじめからも外から
とりいれた　ものならば
こんども　やはり外からと
カナダの詩人の提唱を

そうはいっても　もういない
キジュール・ユリチャードはいない
けれども　教えをうけた
惣田うたえもんがいる
師の真髄《ずい》をうけついだ
日本詩人がいる

そうはいっても　みないそげ
ツインダブルス現代詩の
よさを知ってかく人に
ペンネーム　２つ　おくりたい
「惣滝《そうだき》うたえ」「惣棚《そうだな》うたえ」
男も女も使えよう

宇宙億年帳

アメリカ大統領就任式を
テレビでも見た人は
左手をのせているぶあつい
本をみたことがあるだろう

あれはバイブルだ
古さを感じさせる
なるほど中東で
イスラエル支援のわけだ

時代はすすんだ‥
もう宗教にはたよらない
つみかさねられた科学知識こそ
たよるべきものだ

天文学も進んできた
「宇宙は１３８億年」
これが人類の常識となった
ひと口に１３８億年と
いうが、なかなかわかりづらい
縮尺も　むずかしい

ここで　できた「億年帳」
「宇宙億年帳」
見開き1頁が1億年として
１３８頁であらわされる
もし、これを巻物状にのばしたら
1頁30センチとして　40ｍ以上

これはいい、とてもいい：
とてつもない広さと歴史の
宇宙が親しみやすくなる
これを一頁一頁めくればいい
1億年がわがものに
１３８億年が手の中に

１３８億年
「宇宙億年帳」
１３８億年とわかったのは
わりと　ちかごろのこと

１３８億年
「宇宙億年帳」
21世紀になって衛星が
うちあげられてから

１３８億年
「宇宙億年帳」
宇宙背景放射観測の
ダブリューマップ、プランク衛星で

宇宙マイクロ波背景放射は
ビッグバン理論の正しさを
１９８９年のコービー衛星は
その温度をわからした

２００１年の　ＷＭＡＰ《ダブリューマップ》衛星は
宇宙背景放射の詳細な
全天マップを作成し
宇宙が１３７億年とした

２００９年のプランク衛星は
精度をあげた観測で
１３７億年より少し古い
１３８億年と

ユーキャン「宇宙の絶景」より

めくれ、めくれ
「宇宙億年帳」
アメリカの指導者は
多くのアメリカ国民は
宗教にたよらずにすむ
争いやめられる

めくれ、めくれ
「宇宙億年帳」
アラブの指導者たち
イスラム教のコーランは
１４００年前のこと
宇宙は１３８億年

めくれ　めくれ
「宇宙億年帳」
ロシアとウクライナの指導者たち
それぞれの国民は　みんな
めくれ　めくれ
「宇宙億年帳」

世界人類　80億人以上
それぞれの　文明の発展に
すすんだところも　これからの
ところも　いろいろ
あるけれど、早いところは
それなりに、

おそいところは
そこでまた食うこと
第1で　宇宙のことなど
考えられぬというかも
知れないが　学ぶ努力は
せにゃならぬ

宇宙億年帳
人類の宝
21世紀までやってきた
人類の宝
宝のもちぐされにならぬよう
しっかり活用していこう

いじめ撃退《ゲキタイ》お経

お経とは　いっても
年号・元号の対称表
「せんきゅうひゃくよんじゅうごねんは
しょうわ　にじゅうねんなり」

「せんきゅうひゃくはちじゅうはちねんは
しょうわ　ろくじゅうさんねんなり」
「せんきゅうひゃくはちじゅうくねんは
へいせい　いちねんなり」

「にせんじゅうはちねんは
へいせい　さんじゅうねんなり」
「にせんじゅうくねんは
れいわ　いちねんなり」

使い方は　いろいろ
いじめっこが　なぐってきたり
けってきたりしてきたら
よけて　大きな声で
となえる　そのためには
ふだんの　練習が大事

いじめは　いろいろ
仲間はずれに　されたら
広い所にでて
思いきり　大きな声で
スリッパをかくされたりしたら
先生がくるまで　となえる

戦後、長い時がたち
おとなだって　即座にいえる
人は少なくなった
こどもは暗記がとくい
とくいを生かし、あかるい
学校生活をすごそう

待ちかねて

待ちかね山は　近づいた
いちばん待ちかねていたのは
これからの生き方
まず　何からか

少子化、人口減少は
まだ先のことだと
日本人得意の先おくり
ほんとにそれでいいのかな

若い人は　たいへんだ
その場になって
その時がきて
そこでさわいでも　もうおそい

若い女が　まず動く
名ざしをされた
20才から38才までの
出産適齢期の女たちが

人にいわれるまでもなく
こどもは２人以上
生んでいく、自分の
やりたいことと平行して

若い男はサポートを
年よりゴチャゴチャいったとて
かまわずススメル　サポートを
新しい時代の生き方だ

女がかわれば　男もかわる
結婚して　子そだてし
家族団らんが一番だ
自分のやりたい仕事と
子そだてを対立させない
対立をひろげない

考え方をかえる
どんなことがあろうとも
仕事、こそだて　両立を
世の中　いろいろ　かわってる
世の中の変化におくれてはならないぞ

まわりを見る
変化を見つける
古い考ええらびだす
新しい考えつくる
だんどりすすめて
すぐ、行動にとりかかる

結婚する
子どもは2人以上生む
新しい生き方だ
女の新しい生き方だ
みじめな老後がまっている
「おひとり様」などとんでいけ

女がかわれば男もかわる
若い男のサポートが
人はもちろん設備から
サポート設備の充実を
人もモノもかわらねば
新しい時代の新しい生き方を

古い考えすてていけ
新しい考え　ひろげよう
今までは　あまりにも
過去に　こだわりすぎていた
古い考え　すてていけ
新しい考え　ひろげよう

著者　惣田うたえもん略歴

1941年福岡県生まれ
法政大学社会学部社会学科　卒業
2006年　65才から詩を書きはじめる
2013年　「詩と眞實」の同人参加

詩集　待ちかね山にのぼる10月15日

発行日　2024年（令和６年）12月25日
著　者　惣田うたえもん
〒803-0836
福岡県北九州市小倉北区中井3-1-8-202
内田方　TEL 093-571-6398
発行者　小坂拓人
発行所　株式会社トライ
印　刷　株式会社トライ
製　本　〒861-0105
熊本県熊本市北区植木町味取373-1
TEL　096-273-2580